饒宗頤書韓仁銘

饒宗頤

商務印書館

【饒宗頤書法叢帖】(二)

饒宗頤書韓仁銘

作　者：饒宗頤
責任編輯：黎彩玉
出　版：商務印書館（香港）有限公司
香港筲箕灣耀興道3號東滙廣場8樓
http://www.commercialpress.com.hk
印　刷：美雅印刷製本有限公司
九龍觀塘榮業街6號海濱工業大廈4樓A
版　次：二〇〇〇年十一月初版

ISBN 962 07 4358 X

饒宗頤 簡介

一九一七年生於廣東潮州。字固庵，號選堂。自幼嫻習書畫，早年從金陵楊栻游，獲觀楊家珍藏任頤真蹟數十幅，細心揣摹，得益良多，其人物、山水皆植基於此。

弱冠後專心治學，歷在印度班達伽東方研究所、法國科學研究中心從事研究，遠東學院院士，香港大學中文系、新加坡國立大學中文系、香港中文大學中文系、藝術系教授、講座教授、系主任，美國耶魯大學、法國巴黎高等研究院等院校教授。

一九六二年獲法國法蘭西學院頒發漢學儒蓮獎、一九八零年被選為巴黎亞洲學會榮譽會員。一九八二年獲香港大學頒授榮譽文學博士。近年又獲嶺南大學、香港公開大學贈予文學博士。一九九三年法國索邦高等研究院授予歷史性第一個華人榮譽人文科學國家博士。同年，法國文化部頒贈高等藝術文化勳章。二零零零年七月獲香港特區政府頒授大紫荊勛章。

現為香港中文大學中文系榮休講座教授、藝術系偉倫講座教授、香港大學、北京大學、南京、武漢、復旦、中山、廈門、首都師大等校名譽教授。

饒教授已出版的各類專著逾七十部，發表論文四百餘篇，其中包括專著與畫冊《敦煌白畫》、《敦煌書法叢刊》（二十九冊）、《畫䋎》、《虛白齋藏書畫錄》、《黃公望〈富春山居圖〉及其臨本》、《選堂書畫選集》、《符號、初文與字母——漢字樹》等。

序言

鄧偉雄

饒宗頤教授早年習書，在楷書方面，以北魏碑刻及唐代歐陽詢、顏真卿處入手。而同時亦兼習漢碑，尤其於張遷碑，浸淫最深。

稍後因研究西陲所出漢簡，因亦兼取漢簡中草隸之意。傾倒一時。世皆知饒氏漢簡書法，深具漢人褒衣緩帶之風。

中歲以後，融合張遷，開通褒斜道，更合以漢簡筆法，自成一體，又喜以漢隸作擘窠大字，不斤斤於何碑何體，而自然渾樸。與鄧頑伯、吳讓之、趙撝叔、吳缶廬諸家異趣，他是兼取清代金冬心、伊汀洲與鄭谷口的筆意而廣其趣。

饒教授的隸書因博采眾長，故其臨寫漢碑，亦祇取其意態，不全襲其形貌。此本書韓仁銘亦如是。

韓仁銘為漢碑成熟期作品。結體在張遷、史晨之間，而筆畫舒展，時亦近於孔宙碑。饒氏此臨，雖不斤斤於形似，但於是碑之特點，表現無遺，兼且以汀洲、谷口之意趣，滲入於其中，一洗漢代碑刻板硬之失，使隸體更見生動。

熹平四
年十一

月甲子
朔廿三

日乙酉

司隸河

南尹校尉空閭

典統非
任素無

續勳宣
善仁前

在閒壹

經國已

禮刑政
得中宥

子産君

子尉表

上遷槐
里令除

書未到

亦牽挂

命亟身
為祀則

之王制
祀之禮

也書到
郡遣吏

以少牢

祠勒異

行勵廉
清惠己

烇其美

豎石訖

成表言

如律十

一月廿
二日乙

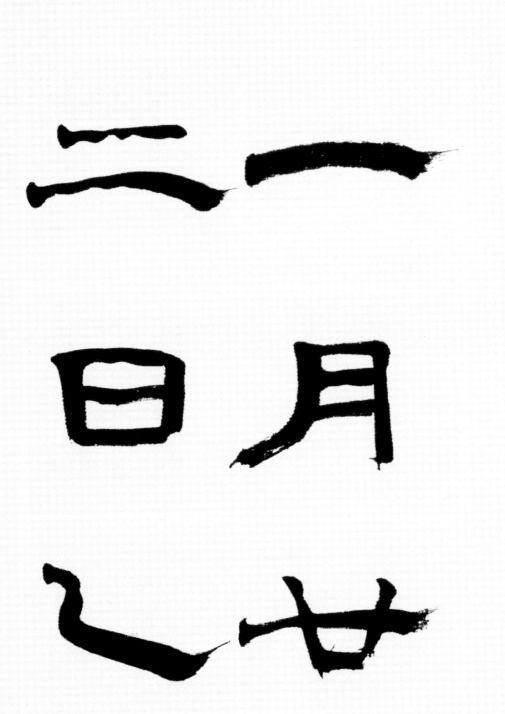

西河南
君君丞

袁謂京
寫墳

道頭訖
成表言

月廿日
會如律

令

甲戌中元後選堂

韓仁銘

熹平四季十一月甲子朔廿三日乙酉，司隸河南尹校尉空閽典統非任素無績勳宣善囗仁前在聞熹，經國吕禮，刑政得中，有子產君子囗尉表上遷槐里令，除書未到，疛幸搃命喪身為囗祀則之，王制祀之禮也。書到，郡遣吏吕少牢祠囗勒異行，勗厲清惠，吕拴其美。豎石訖成，表言如律令。十一月廿二日乙酉，河南尹君丞熹謂京寫囗墳道頭，訖成表言。月卅日會如律令。

余習顏書從大字麻姑仙壇入手又執
業夢禾先生命參學魏碑兼張猛龍爨
龍顏寫數十過故畧窺北碑津逮歐陽率
更尤所酷嗜者後學鍾王中歲在法京見唐拓
化度寺溫泉銘金剛經諸本得之所悟枕藉既
久亦於敦煌書法之變亦著論所得甚淺嘗限

自大篆演為今隸兩漢碑碣實足楷模逾百年
東坡米老寶簡冊真跡更能發人神智者毋
以碑帖為二事應令此二為一已成舉世之局法書
學者又不措意于以上五種種皆為日課合為一輯
書之體態繁賾須筆臨摹以悟益多師而骨
力必由己出異日涉學書經過於宋米叔於大雅君
于時蒼龍庚辰端午選堂書於梨俱室

跋

饒宗頤

余髫齡習書，從大字麻姑仙壇入手。父執蔡夢香先生，命參學魏碑。於張猛龍爨龍顏寫數十遍，故略窺北碑塗徑。歐陽率更尤所酷嗜。復學鍾王。中歲在法京見唐拓化度寺、温泉銘、金剛經諸本，彌有所悟。枕饋既久，故於敦煌書法，妄有著論，所得至淺。嘗謂自大篆演為今隸，兩漢碑碣，實其橋梁。近百年來，地不愛寶，簡冊真跡，更能發人神智。清世以碑帖為二學。應合此為三，已成鼎足之局。治書學者，可不措意乎？以上五種皆為日課，合為一輯，書之體態繁賾，須事臨摹，以增益多師，而骨力必由己出。略記學書經過於末，求教於大雅君子。時蒼龍庚辰端午選堂書於梨俱室。